I0686229

ANTONIN PROUST

LES

BEAUX-ARTS

En Province

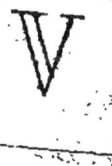

SE TROUVE

Chez L. Clouzot, marchand-libraire

en sa boutique, rue des Halles, n° 22

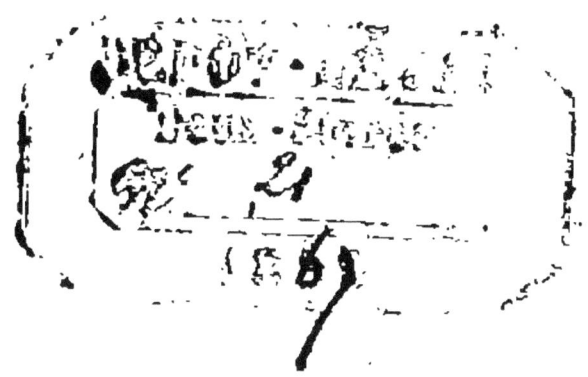

LES BEAUX-ARTS

EN PROVINCE

ANTONIN PROUST

LES

BEAUX-ARTS

En Province

NIORT

Mil huit cent soixante-sept

1867

C.

Sous ce titre : Les Beaux-Arts en province,
*j'édite à nouveau une étude publiée à la veille
de l'Exposition rochelaise de 1866, et un
rapport présenté à la suite de cette même
Exposition.*

*Quelques-uns se contentent de gémir sur la
décadence de l'art et de contourner leurs
jérémiades en périodes arrondies ; d'autres se
consolent, en objectant qu'on ne peut tout avoir,
que notre siècle est un siècle de savants, et que
si les Muses sont moins honorées, la terre est
en revanche mieux fumée et la chimie mieux
connue. Je suis pour ma part très disposé à
applaudir aux progrès de notre temps : les
chemins de fer, la télégraphie électrique, la*

photographie, le procédé Ruolz et la culture
intensive me paraissent d'excellentes choses,
dignes des plus grands éloges, mais je persiste
à croire que l'élément utilitaire par excellence
est encore l'éducation de l'esprit, et je ne
crois pas qu'on doive la négliger sous un mauvais prétexte. Ce n'est pas en effet un plus ou
moins grand amour du beau qui empêchera
la race porcine d'engraisser, et l'on peut aussi
bien rechercher la quadrature du cercle devant
un chef-d'œuvre de l'art que devant un de ces
papiers dont les couleurs vives et animées rem-
placent sur nos murs l'allégorie, le portrait,
ou le trophée des temps disparus.

Dans ces dernières années, une société parti-
culière a fondé, de l'autre côté de la Manche, le
Musée Kensington. Ce Musée est la collection,
sinon la plus riche, assurément la plus complète
qui existe sur la surface du globe. Il offre des
spécimens de toutes les productions de l'art
depuis les bas reliefs d'Egine et les tryptiques
de Byzance jusqu'aux poteries vernissées de
Minton. Chaque soir des cours publics y sont

faits d'après les modèles placés sous les yeux des assistants. La peinture, la sculpture, l'émaillure, l'art de terre, les travaux sur bois et sur pierre, qui trouvaient dans les anciennes corporations les traditions fidèles mais étroites, puisent là les données plus larges d'une expérience plus complète.

Que font pendant ce temps nos associations artistiques? elles attendent patiemment les maigres denrées qu'on leur expédie périodiquement de Paris, elles amassent dans une tirelire autorisée de quoi acheter quelques mètres de peinture à des prix modestes, et elles accrochent le tout dans une salle obscure entre un canard empaillé et l'image heliographique des grands hommes de l'endroit. Il résulte de cette muette et sourde entreprise l'abandon des choses d'art, l'indifférence pour tout ce qui les touche. N'y a-t-il donc rien de plus à faire? Devons-nous laisser la main du temps s'appesantir sur l'édifice en ruine? Devons-nous abandonner aux commis-voyageurs du bibelotage les épaves de l'art disparus qui pourraient servir de modèles à l'art qui veut naître? Resterons-nous enfin éternellement indifférents à ce que nous avons sous les yeux, et ne donnerons-nous pas asile à ces richesses qu'on nous dérobe chaque jour, et qui précieusement recueillies seraient l'élément le plus utile de l'enseignement qui nous fait défaut?

L'Angleterre, dont je cite l'exemple, ne saurait être accusée de ne pas sacrifier à l'utile, et nous ne persisterons pas, je l'espère, devant cet exemple concluant à créer ces musées stériles que la manie de la réglementation rend uniformes.

En France, ce sont généralement les pouvoirs publics qui se chargent des expositions, et voici comment, à quelques rares exceptions près, ces expositions s'organisent dans les villes de province.

Le conseil municipal prélève une somme sur les contributions publiques et désigne une commission.

La dite commission s'adresse directement à quelques artistes et traite avec un marchand de tableaux qui se charge de fournir un nombre d'objets déterminé, moyennant conditions. Le local disposé et les tableaux accrochés le long des murailles, on place à la porte un tourniquet, une affiche qui indique le prix de

l'entrée et un receveur chargé de le percevoir.
Après un mois ou six semaines, un jury se ras-
semble et décerne des médailles qui sont offi-
ciellement distribuées au son de la musique.
Cette fête artistique terminée, on fait le bilan
de la situation, et en présence du résultat, les
contribuables se disent qu'ils ont encouragé
les arts, qu'ils ont développé le goût des belles
choses, qu'ils ont fait aller le commerce, et que
l'argent ainsi dépensé ne l'est pas plus mal que
beaucoup d'autre qui pourrait l'être mieux.

A cette étrange manière de procéder, il y a
de nombreuses objections à faire; objections
que je laisse de côté, n'ayant pas le droit d'a-
border ici les questions d'économie sociale.

Je veux rechercher simplement si le but artistique qu'on se propose est réellement atteint,
et de plus, comment on pourrait l'atteindre
s'il ne l'est pas.

Et tout d'abord je ne ferai pas à mes conci-
toyens l'injure de penser qu'ils croient sérieu-
sement développer le goût des beaux-arts en
groupant quelques vieux fonds de magasin

dans une salle quelconque, et en élevant ce commerce à la hauteur d'une institution publique.

Ce n'est pas dans ce pays que de telles propositions pourraient être avancées, car un des hommes dont notre département s'honore le plus, et qui avait non-seulement le culte, mais le respect de son art, avait si bien compris qu'on ne peut, *ex abrupto*, décréter les solennités artistiques par un arrêté municipal, que le jour où il eut la pensée de créer le Congrès musical de l'Ouest, son premier soin fut de constituer une association et de mettre cette association directement en rapport avec les artistes. Ce que M. Beaulieu a fait à Niort, c'est ce que la Société philomatique a fait à Bordeaux, c'est ce qui devra être fait chaque fois qu'on voudra obtenir un résultat sérieux et fécond.

Si vous voulez des expositions artistiques qui ne soient pas dérisoires, fondez une société qui entretienne constamment le foyer indispensable. De toute autre façon vous n'aurez qu'un feu de paille et vous en serez réduits aux étalages des marchands de bric à brac, recouverts durant vos crises passagères d'un vernis solennel qui ne leur enlève rien de leur apparence mercantile.

L'année dernière nous avons assisté ici même à ce douloureux spectacle.

Cette année, la ville de La Rochelle vient d'organiser une exposition artistique.

La ville de La Rochelle est dans de meilleures conditions que la ville de Niort : elle a une *Société des amis des Arts*, qui fait preuve d'activité, et, ce qui vaut mieux, un groupe d'artistes des plus célèbres ; ses relations lui ayant permis de rassembler quelques toiles d'un mérite réel, elle les a disposées dans une salle longue, suffisamment éclairée, au lieu de suspendre sa récolte en hauteur dans la partie la plus étroite et la moins achromatique d'un monument d'occasion.

Voilà pour le bien. Quant au mal, je signalerai dans l'installation rochelaise les mêmes vices que présente toute exposition faite selon la détestable formule adoptée en France et en Angleterre.

Je dirai encore une fois que les expositions ne seront utiles que si l'on se décide à ménager entre les toiles une distance qui leur permette de rester en possession d'elles-mêmes et de ne pas se nuire réciproquement.

Je demanderai enfin pourquoi les artistes n'auraient pas comme les industriels le droit de disposer leurs œuvres selon leur goût dans un espace à chacun d'eux réservé.

Cela se fait en Allemagne, cela se fait en Hollande, cela se fera en France, et, le jour où nous adopterons ce système, nous trouverons parfaitement barbare le pêle-mêle en usage aujourd'hui dans nos musées et dans nos expositions.

La ville de La Rochelle pouvait donner le bon exemple. Il lui était facile de rejeter de son exposition une cinquantaine de toiles qui n'y ont que faire, et d'adopter une disposition qui eût profité aux cent cinquante autres.

Ceci dit, et me réservant de faire appel devant la commission de 1867 d'une cause que je plaide depuis si longtemps sans succès, je passe à la question des récompenses.

La ville de La Rochelle veut, selon l'usage, distribuer des récompenses à la suite de son exposition ; dans ce but elle désignera un jury.

Je répéterai à ce sujet que je ne suis pas partisan des distributions de récompenses artistiques, cette opération amenant des classifications que repousse tout ce qui est du domaine de la pensée.

Il peut être permis de classer des machines ou des produits dont l'action ou l'effet peuvent être définis, mais quant à peser dans une balance deux valeurs morales, c'est chose impraticable ; on rencontre là des difficultés qu'un jury de Salomon ne saurait vaincre, et que personne n'a le droit de soulever.

Les expositions régionales se proposent en principe, sinon en réalité, de constater la part que la région apporte au mouvement général des arts ; un simple rapport me paraîtrait donc suffisant, et, je le dis en passant, ce rapport serait des plus honorables pour le département de la Charente-Inférieure.

Le rapport permet, en effet, d'énumérer les différentes qualités des différentes œuvres, sans être tenu de les classer selon l'ordre de notre système monétaire, et il peut en outre tenir compte des efforts les plus modestes qu'il est toujours bon de signaler, alors qu'ils sont jugés sincères.

La classification métallique, au contraire, se perd dans les calculs d'une pondération impossible, et vient échouer dans le banal quand elle ne tombe pas dans le grotesque.

On me dit à cela que ces puérilités sont un sacrifice nécessaire aux infirmités de notre race, qu'en France l'étiquette du sac a beaucoup d'importance, et que le public veut pouvoir se dire en voyant l'habit : « Voilà un bon moine, ou un moins bon moine, ou un plus mauvais moine. »

On ajoute que les pouvoirs publics ont la mission d'honorer le talent par des faveurs, et qu'ils ne sauraient se soustraire aux exigences de leur sacerdoce. Je ne veux pas examiner le thème des distinctions à un point de vue général, et rechercher s'il ne serait pas plus digne de résister à de certains préjugés que de les flatter pour en tirer bénéfice. J'envisagerai la question simplement, au point de vue particulier de l'exposition rochelaise.

A cette exposition figurent les artistes de la région qui ont recueilli dans les exhibitions précédentes une ou plusieurs marques distinctives, puis les envois des marchands, denrée courante que des hommes de talent esquissent à l'usage d'un public peu exigeant, et qu'on pourrait appeler *produits de l'industrie appliquée aux beaux-arts*, puis enfin les œuvres plus rares des peintres et sculpteurs qui n'ont encore obtenu aucune faveur exceptionnelle.

Si nous en jugeons par les précédents, voici comment procèdera le jury : Pour la première catégorie, il confirmera les récompenses obtenues en les rappelant ou en en décernant de nouvelles ; dans la seconde catégorie, il choisira ceux qui lui paraîtront le moins indignes de leur nom ; et dans le dernier groupe, il fera des efforts surhumains pour distinguer les clairvoyants.

Rien n'est plus simple et même plus juste en apparence que les deux premières opérations. Paris a décidé que M. X. est un grand peintre : la province se soumet à cette décision, et s'y soumet avec d'autant plus de vraisemblance, qu'à tout prendre ses toiles paraissent être des meilleures de l'exposition locale. Dans un rapport, elle pourrait humblement présenter ses observations, faire l'éloge et faire la critique, sans décréter que M. N. est supérieur à M. Z. ou inférieur à M. *** ; mais la distribution comparative s'oppose à ces considérations ; elle veut de l'ordre, et après tout la classification est, dans ces régions, presque inoffensive, puisque les illustres n'ont qu'un très-médiocre souci de ce genre de discipline.

Là où elle prend de l'importance, c'est dans le troisième groupe. S'il est en effet parfaitement indifférent aux hommes qui font de l'art à la satisfaction du public contemporain, d'être

ou de n'être pas médaillés en province, il n'en
est pas de même des autres.

Parmi les exposants encore obscurs, on en
rencontre beaucoup qui désirent sortir de leur
obscurité par une distinction, mais on en rencontre aussi qui, plus fiers et plus religieuse-
ment dévoués à leur culte, n'aspirent qu'à ne
pas être sacrifiés aux médiocrités plus cor-
rectes.

Les expositions de province peuvent avoir à
ce titre un rôle honorable et sérieux à remplir.
Elles doivent s'attacher, non pas à récompenser
des à peu-près satisfaisants, mais à découvrir,
souvent au milieu de fautes grossières, les
qualités riches en promesses.

Un rapport peut signaler ces qualités nais-
santes et leur donner un précieux encourage-
ment ; une récompense ne le peut pas, et par
cela même elle décourage ceux qui n'en sont
pas l'objet. La récompense est forcée de s'a-
dresser à l'œuvre la moins imparfaitement
conçue dans son ensemble, et elle couronne
ainsi un tout, le plus souvent médiocre, en

laissant dans l'ombre des œuvres plus sincères mais moins uniformément satisfaisantes.

De là vient un ecclectisme complaisant qui fausse le goût du public et fait que les artistes qui ne veulent pas mourir de faim descendent jusqu'à flatter cet amour de l'insipide, développé, patenté et bréveté par les attributions de faveurs.

Je demanderai donc au jury de La Rochelle de se préoccupper beaucoup moins de la pondération impossible qu'on exige de lui que de la rédaction du rapport qu'il aura à présenter, car, je le répète, il peut ainsi non-seulement constater la part que la région apporte au mouvement des arts, mais encore donner un utile appui à des aspirations seules dignes d'être encouragées.

(Mai 1866).

EXPOSITION DE LA ROCHELLE

RAPPORT fait au nom de la commission des Beaux-Arts et lu en séance publique à l'hôtel de ville de La Rochelle (juin 1866).

Messieurs,

Avant de vous soumettre les décisions du jury qui m'a fait l'honneur de me choisir pour son rapporteur, je vous demande la permission de dire quelques mots des expositions artistiques en province.

Les expositions régionales se proposent un double but : constater la part que la région apporte au mouvement général des arts et donner à ce mouvement une impulsion plus vive par un enseignement plus large.

Si l'on considère les résultats que vous avez obtenus, on ne peut que féliciter la ville de La

Rochelle d'avoir fourni à la *Société des Amis des Arts* l'occasion de faire preuve d'une activité jusque-là trop restreinte, mais en présence de ce qui est fait, nous ne saurions oublier, ce qui reste à faire.

Dans les villes qui nous avoisinent, à Bordeaux et à Limoges, il existe des associations artistiques semblables à la vôtre, mais qui sont entièrement indépendantes des contributions publiques et qui entretiennent par elles-mêmes le foyer indispensable à tout progrès sérieux.

Il ne tient qu'à nous, Messieurs, de resserrer entre les différentes villes de l'Ouest ces liens d'une parenté libérale, et j'espère qu'en s'affermissant sur ce terrain plus vaste, nos relations pourront donner lieu à des manifestations plus fréquentes.

Je dois donc adresser tout d'abord des remerciements à la municipalité de La Rochelle, mais je souhaite qu'une société librement constituée et vivant de ses propres ressources puisse lui rendre un jour l'hospitalité qu'elle nous offre aujourd'hui si généreusement.

Vous me permettrez encore, Messieurs, d'insister sur deux points; je veux parler des vices que présentent d'ordinaire les dispositions des galeries de peinture et du système des récompenses.

Je crois que les tableaux ne peuvent être utilement appréciés que si l'on se décide à ménager entre les toiles une distance qui les laisse en possession d'elles-mêmes et qui leur permette de ne pas se nuire réciproquement. Cela se fait dans quelques villes de l'Allemagne et de la Hollande, et il est à désirer que cet usage salutaire s'introduise parmi nous.

Quant aux récompenses, la commission municipale avait eu l'intention de n'en pas décerner et de s'en tenir à un rapport qui eut énuméré les différentes qualités des différentes œuvres exposées. Cette intention était à mon avis excellente, car il est impossible de peser deux valeurs morales dans une même balance et l'on peut dire que tout ce qui est du domaine de la pensée repousse une classification trop rigoureuse.

La commission ayant dû cependant admettre l'usage généralement adopté, nous avons procédé à un classement approximatif en faveur duquel le jury fera valoir les considérations qui vont vous être soumises.

Il a été tout d'abord décidé que conformément à l'article 25 du réglement de Paris, les artistes décorés ou ayant obtenu une première médaille seraient mis hors concours.

Le jury croit cependant devoir signaler entre toutes les toiles de cette catégorie les œuvres de MM. Bouguereau et Fromentin qui justifient pleinement la réputation que ces deux artistes se sont acquise.

Nous avons retrouvé dans les tableaux de M. Bouguereau les éminentes qualités de style qui sont de tradition dans l'école française et qui ont déjà valu à votre compatriote d'être placé sur la liste des candidats à l'Institut.

Le *Fauconnier* de M. Fromentin nous paraît être l'un des plus éloquents témoignages de

ce talent original dont votre pays a le droit
d'être fier à plus d'un titre, mais si MM. Bar-
rias, Antigna et Laugée sont dignement représen-
tés à l'exposition rochelaise, nous regret-
tons en revanche que M. de Curzon, qui est
des nôtres par la naissance, et que M. Corot
qui doit aux rives de la Charente quelques-
unes de ses meilleures inspirations n'aient l'un
et l'autre que des esquisses trop modestes.

A ce sujet, la commission du jury espère que
les relations que la *Société des Amis des Arts*
entretient avec les artistes lui permettront à
l'avenir de s'adresser directement à eux, sans
recourir à des intermédiaires qui abusent souvent de leur mandat en envoyant des études
non destinées dans la pensée de leurs auteurs
à figurer dans les expositions publiques.

Après s'être conformé aux prescriptions de
l'article 25 du réglement de Paris, le jury a
pensé que M⁰⁰ Louise Babut, dont l'œuvre
figure presque entière à l'exposition rochelaise,
et qui a reçu de nombreuses médailles à Paris,
devait être en raison de l'importance de son

3

talent, placée dans la catégorie des peintres
qui ont été l'objet de récompenses exception-
nelles.

————

Ces réserves faites, nous avons procédé aux
opérations de la distribution des médailles par
la voie du scrutin secret.

Le nombre des médailles que nous avions à
distribuer était de vingt-cinq :

> Quatre médailles d'or ;
> Neuf médailles d'argent;
> Douze médailles de bronze.

Sur ce nombre , quatorze ont été réservées
à la peinture ; six aux dessins, aquarelles et
gravures ; cinq à la sculpture.

Peinture.

La première médaille d'or, donnée par l'Empereur et appelée médaille d'honneur, a été
décernée à M. Louis Auguin ;

La seconde médaille d'or, donnée par la ville de La Rochelle, a été décernée à M. Appian ;

La troisième médaille d'or, également donnée par la ville de La Rochelle, a été décernée à M. Baudit;

La première médaille d'argent, donnée par l'Empereur, a été décernée à M. Bremond ;

Quatre autres médailles d'argent ont été décernées à MM. Genty, Guerard, Pradelles et Veyrassat ; puis enfin six médailles de bronze à MM. Cortès, Dumarescq, Hanoteau, Noël, Pinel et Rosier.

En décernant la médaille d'honneur à M. Auguin, la commission du jury a voulu non-seulement attribuer la plus haute récompense à l'œuvre la plus complète dans son ensemble, mais encore rendre hommage à cet amour et à ce respect de la vérité qui ont si rapidement grandi un talent chaque jour plus sûr de lui-même. Le *Port Berteau*, qui a particulièrement attiré l'attention du jury est l'une des meilleures pages de M. Louis Auguin et je regrette que le cadre de ce rapport ne me

permette pas d'insister sur les charmes de cette
nature qui a trouvé dans l'un de vos compa-
triotes un interprète si fidèle.

Les deux autres médailles d'or ont été décernées à M. Baudit, pour la *Matinée d'Automne,*
et à M. Appian pour le *Sentier des Roches.* La
Matinée d'Automne est l'impression juste d'un
sentiment très-heureusement rendu, et sous
ses lignes sévères le *Sentier des Roches* ren-
ferme tout un poème écrit d'une main ferme,
dans un style d'une sobriété exquise. L'*Etude*
de M. Bremond, malgré les incorrections
du dessin, se recommandait à nos suffrages
par l'habileté de la facture autant que par la
chaleur de la coloration. Chez M. Veyrassat,
nous avons distingué de précieuses qualités de
peintre que viendront compléter, nous l'espé-
rons, une plus scrupuleuse observation de la
nature et l'harmonie générale des compositions un peu mièvres de M. Guerard nous a
paru mériter la récompense que nous lui
décernons.

M. Pradelles est de la très-bonne école des

naturalistes audacieux qui sortent vainqueurs des pas les plus difficiles, et dans M. Genty nous avons applaudi aux succès légitimes du portraitiste déjà si remarquable par la science de l'arrangement et l'entente de la couleur.

Parmi les peintres qui ont obtenu les médailles de bronze, si l'on excepte M. Dumarescq, l'auteur de l'*Aumônier du Régiment*, les élus sont presque tous paysagistes ; M. Hanoteau qui ne redoute pas les effets difficiles à rendre, et qui les aborde parfois avec un plein succès ; M. Rosier, qui sait être juste quand il veut être lui-même ; M. Jules Noël qui s'est fait un nom dans la voie ouverte par Isabey ; M. Cortès, un digne héritier de Troyon, et enfin M. Pinel, qui est des vôtres et dont le consciencieux talent de mariniste est depuis longtemps vivement apprécié.

On ne saurait s'étonner, Messieurs, que les paysagistes aient été l'objet du plus grand nombre des distinctions que nous avons cru devoir accorder aux peintres, car le paysage tient à l'exposition de La Rochelle comme dans l'école moderne la place que les autres genres parviendront à conquérir s'ils consentent à se retremper comme lui dans l'étude directe de la nature.

Avant de parler des dessins et de la sculpture, je nommerai les peintres qui nous ont paru dignes d'être signalés ou encouragés en dehors des récompenses obtenues.

La commission du jury mentionne très-honorablement M. Guès, qui vous a envoyé un *Intérieur de Bergerie* finement étudié et solidement peint; M. Boudin, dont la *Plage après l'orage* est une spirituelle pochade ; Melle Louisa de Weiler, qui se plaît à esquisser les formes indécises du *Bacchus enfant*; M. de Connink, qui leur préfère la chaude et ferme carnation des *Naïades*; M. Léon Olivié, un élève qui sait ses maîtres ; M. Van Elven et Mme Léonide Bourge, un talent fait et un talent qui se fera; M. Douzel, un de nos plus élégants ciceristes; M. Brunner-Lacoste, un habile peintre de fleurs; M. Schmitt, un observateur attentif, et M. Gallard-Lepinay, un courageux débutant qui mène audacieusement *sa barque à travers les flots courroucés.*

Dans la région, le jury accorde des mentions à MM. Cholet, de Libourne, Cantegril, de Bordeaux, Dutiers et Germain, de Niort; ces quatre derniers pour leurs remarquables études de paysage et de nature morte.

Je ne quitterai pas les peintres sans exprimer le regret de n'avoir vu figurer à l'exposition rochelaise ni M. Baudry, de la Vendée, ni MM. Pujol, Charlet, Brillouin, Brossard et Chandelier, de la Charente-Inférieure, ni M. Brunet, des Deux-Sèvres.

Dessins. — Aquarelles. — Gravures.

Dans la section des dessins, aquarelles, miniatures et eaux-fortes, les exposants sont peu nombreux, mais les œuvres sont presque toutes dignes d'être signalées à votre attention.

Les récompenses ont été attribuées de la façon suivante :

La médaille d'or à M. de Rochebrune, pour deux fragments de cette œuvre immense que vous connaissez tous et qui nous a restitué les monuments d'une architecture trop oubliée.

Le jury a décerné les deux médailles d'argent réservées à cette section à MM. Berry et Dubouché, et les trois médailles de bronze à MM. Allongé, Huas et Moreau.

Les miniatures de M. Berry sont une nouvelle preuve de ce talent bien connu de vous et qui n'a d'égal que la modestie de l'excellent professeur. M. Dubouché, un simple bourgeois, manie le fusain avec une fougue magistrale bien faite pour réconcilier l'art avec les amateurs, et M. Moreau conduit sa pensée avec le crayon aussi sûrement qu'avec la brosse.

A côté de M. Allongé, qui aime les vastes horizons et qui les rend avec ce calme et cette force du talent accompli, un enfant de La Rochelle, un nouveau venu en cette pléïade déjà si nombreuse et si célèbre des peintres de votre patrie, expose des pastels et un dessin. Si M. Huas veut nous permettre de lui

donner un conseil, nous l'engagerons à regar-
der ce dessin quand il fait ses pastels, car l'un
est un morceau de maître et les autres, pour
porter le cachet d'une facture qui plaît généralement sont indignes de la main qui les
signe.

Après les noms des médaillés que je viens de
citer, le plus grand nombre des voix s'est porté
sur MM. Germain et Pelletier. Les dessins de
M. Germain témoignent non-seulement de
recherches sérieuses, mais sont un nouveau
gage de cette préoccupation constante de l'art
qui anime quelques-uns des nôtres et que
nous voudrions voir plus répandue, sinon plus
ardente, sur les rives de la Sèvre. L'aquarelle
de M. Pelletier a la pâte solide d'une peinture
à l'huile jointe à la transparence de l'aquatinte.
Nous citerons encore dans la section des dessins, M. Curty, de Nantes, dont la pointe fine
et délicate est maîtresse de toutes les nuances
de l'eau forte, M. Gellibert, de Paris, qui célèbre les gloires du sport, et Van Elven, d'Ams-
terdam, pour qui les horizons brumeux de la

4

Hollande et le ciel embrasé de Venise n'ont plus de secrets.

Sculpture.

Médailles d'argent : MM. Guetrot et Vetelet.

Médailles de bronze : MM. Hébert et Lasnier, Mlle Zuchelli.

MM. Guetrot et Vetelet sont deux artistes dignes de tous vos encouragements ; les œuvres du premier sont empreintes de ce charme naïf qui se plaît à reproduire les lignes indéfinies de l'enfance; chez le second, au contraire, le ciseau plus hardi fouille volontiers la tête aux puissantes saillies, et nous pourrions dire que MM. Guetrot et Vetelet se complètent l'un par l'autre, si nous ne pressentions chez l'un et l'autre le talent qui a toutes les volontés et qui aura toutes les forces.

Vous avez pu remarquer la sincérité de M. Hebert dans la reproduction des traits de votre très-digne compatriote, Victor Texier. A M. Lasnier, qui taille le bois avec fougue et en même temps avec une parfaite sûreté de main,

on ne peut reprocher qu'un penchant trop vif à
suivre les écarts d'une imagination trop fantai-
siste, et lorsque Mlle Zuchelli se sera livrée aux
études anatomiques qui lui font défaut, elle
pourra plus aisément aborder les compositions
qui semblent plaire à son tempérament.

Nous mentionnons encore dans la section
de sculpture M. Larreguieux, pour son buste
de Lincoln, M. de Menou, M. Ladouespe et
enfin M. Lechesne dont le masque de Victor
Hugo a obtenu un si grand et si légitime
succès.

Il nous sera permis de regretter dans cette
section l'absence de MM. Maindron, de la Vendée, et Baujault, des Deux-Sèvres.

———

A ce résumé de nos opérations, je n'ajouterai,
Messieurs, que peu de mots.

Il n'existe pas en France de région qui tienne
dans l'art contemporain une place plus grande
que la nôtre et si dans ces dernières années l'on
a protesté au nom de la vérité contre un goût
faux et malsain, le plus grand nombre de ceux

qui ont pris part à ce mouvement salutaire étaient les enfants ou les hôtes de ce pays.

L'école de naturalistes qui s'est créée sur les rives de la Charente mérite tous vos encouragements, et sans attacher trop d'importance à la classification dont je viens de vous rendre compte et dont je combattrai toujours le principe, je suis heureux, pour ma part, d'avoir pu rendre dans ce rapport plus d'un hommage à ceux qui ont pris part à cette lutte dont vous recueillerez les fruits.

COMMISSION DES BEAUX-ARTS

SECTION DES ARTISTES VIVANTS

Président :

M. MENEAU, président de la *Société des Amis des Arts*.

Secrétaire :

M. Ernest HYVER.

Rapporteur :

M. Antonin PROUST.

Membres de la Commission :

MM. Abel DE PUJOL.
   ADMYRAULT.
   BELTREMIEUX.
   CASSAGNAUD.
   GAUDIN, de Saintes.
   LACOUR, de Saint-Jean-d'Angély.
   LHOUMEAU-GADOR.
   MAGNANT.
   MASSIOU.
   ROMIEUX.

Achevé d'imprimer

L'AN M DCCC LXVII

le dix-neuvième jour de février

PAR TH. MERCIER, IMPRIMEUR

A Niort